Buenas noches,
monstruo

Buenas Noches, Monstruo

Título original en hebreo: לילה טוב מפלצת / *Laila tov mifletzet*
Primera edición en hebreo, 2012

© Del texto: Shira Geffen
© De la ilustración: Natalie Waksman Shenker
Traducción: Eulàlia Sariola

Publicado por acuerdo con el Instituto para la Traducción
de la Literatura Hebrea, ITHL

Dirección editorial: Sandra Feldman
Colaboración: Erika Olvera, Alejandra Quiroz
Formación: Érika González

Primera edición en español, 2015
D.R. © 2015, Leetra Final S.A. de C.V.
Nuevo León 250-7, Col. Condesa
C.P. 06140 México, D.F.

www.leetra.com / contacto@leetra.com

ISBN 978-607-96900-7-6

Impreso en China / *Printed in China*

FSC
www.fsc.org
FSC® C122901

Buenas noches,
monstruo

Shira Geffen

Ilustraciones de **Natalie Waksman Shenker**

Traducción del hebreo: **Eulàlia Sariola**

A mi querida madre

Shira

A Peleg y Naveh

Natalie

Es de noche, todos están en la cama.

También Ruti, la niña de ojos castaños,
está bajo la manta, en silencio.
Le dan miedo los sueños.

Mamá dice:
—Soñar es imaginar.
Cuando abrimos los ojos,
se derriten los sueños.

Papá la mira,
le acaricia la cabeza
y le besa cada peca.

—Ustedes no entienden —dice Ruti—.
Un monstruo azul de nariz naranja y redonda,
en cuanto cierro los ojos
mis sueños ronda.

Entonces papá baja del estante
a su amigo Yosi, el elefante.
Ruti abraza su trompa suave y,
tranquila, se duerme enseguida.

Buenas noches, Ruti.

Es de noche, todos están en la cama.
Sólo Yosi el elefante, en silencio
con los ojos abiertos,
está bajo la manta.
¡La oscuridad lo espanta!

En una esquina
una lámpara luciérnaga
parpadea y lo ha mirado.
Yosi, el elefante, le susurra
que se acueste a su lado.

Se tranquiliza al instante con la cálida luciérnaga
que para él resplandece.
Aunque es pequeña, en especial junto al elefante,
consigue abrazarlo y él se lo agradece.

Yosi, tranquilo, se duerme.

Buenas noches, Yosi.

Es de noche, todos están en la cama.
Sólo la luciérnaga tiene la luz encendida.
Bajo la manta, silenciosa,
le da miedo la oscura sombra que la acosa.

La sombra en la pared salta, se desvanece,
danza, se pierde y reaparece.
La luciérnaga valiente parpadea
y llama a la muñeca Elisheva.

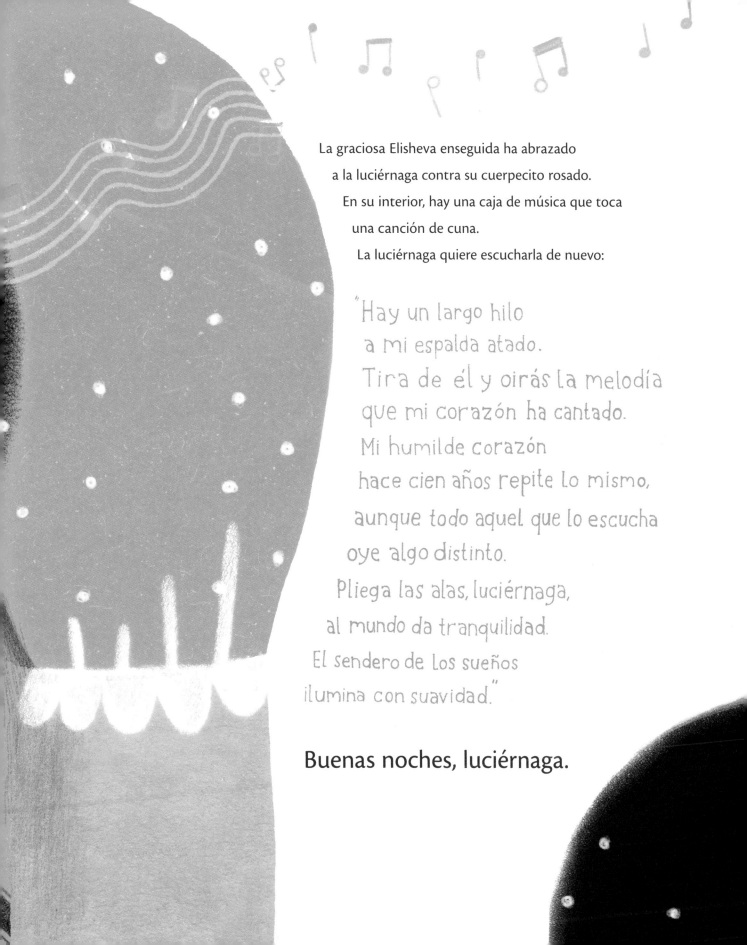

La graciosa Elisheva enseguida ha abrazado
a la luciérnaga contra su cuerpecito rosado.
En su interior, hay una caja de música que toca
una canción de cuna.
La luciérnaga quiere escucharla de nuevo:

"Hay un largo hilo
a mi espalda atado.
Tira de él y oirás la melodía
que mi corazón ha cantado.
Mi humilde corazón
hace cien años repite lo mismo,
aunque todo aquel que lo escucha
oye algo distinto.
Pliega las alas, luciérnaga,
al mundo da tranquilidad.
El sendero de los sueños
ilumina con suavidad."

Buenas noches, luciérnaga.

Es de noche, todos están en la cama.
Sólo Elisheva sigue despierta:
está inquieta, ansiosa, estremecida.
¿Qué ruido se escucha tras la cortina?

En la pared de enfrente, hay un reloj colgado.
¡Elisheva lo quiere a su lado!
Él rueda hacia ella con alegría
y la abraza con sus manecillas.

Por la habitación entera
las horas se dispersan:
saltan los segundos y todo lo llenan.
Ahora es casi imposible adivinar
si el tiempo es sueño o realidad.

Elisheva se duerme.

Buenas noches, Elisheva.

Es de noche, todos están dormidos.

Sólo el reloj está despierto.
Le es difícil dormir
porque no está quieto
ni un solo momento.

TOC
TOC
TOC

El reloj busca quién le pueda decir
cómo hacer para dormir,
pero todos sus amigos
hace tiempo que están dormidos.
De pronto oye unos hipidos.

En un rincón de la habitación,

de pie,

temblando,

hay un monstruo azul espantado.

El reloj le dice, bajito,

que se acueste a su lado.

El monstruo se acuesta junto al reloj

y lo acerca a su cuerpo tembloroso.

Tictacs y escalofríos,

bailes y cosquillas…

se duerme el reloj, entre risas.

Buenas noches, reloj.

Es de noche, todo el mundo está dormido.

Sólo el monstruo azul de nariz naranja,

despierto bajo la manta,

está tan asustado

que hasta respirar le espanta.

Le dan miedo la oscuridad,

la sombra escurridiza

y los extraños ruidos de la cortina.

Le da miedo hablar, moverse

y en el sueño perderse.

Por su mejilla azul,
una lágrima baja rodando
y la sábana de fresas humedece suspirando.
En medio del elefante, la luciérnaga y la muñeca,
la mano de Ruti encuentra.

Así, entre sueños,
Ruti rodea la barriguita
redonda, suave y bonita
del monstruo azul,
que fuertemente abrazado
duerme a su lado.

Buenas noches, monstruo.